1903

ÉTUDE

DE QUELQUES QUESTIONS

RELATIVES

A la Liquidation des Biens

des Congrégations Religieuses

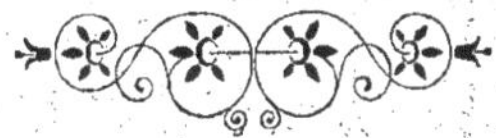

AIX

TYPOGRAPHIE MAKAIRE IMPRIMERIE DE L'ARCHEVÊCHÉ (B. PHILIP, gérant)
2 rue Thiers 2

1903

ÉTUDE DE QUELQUES QUESTIONS

Relatives à la Liquidation

Des Biens des Congrégations Religieuses

ANNOTATIONS

—

Chavegrin. — M. le professeur Chavegrin : La Liquidation des biens des Congrégations religieuses non autorisées. *Journal des Sociétés.* nos de septembre, octobre, novembre, décembre 1902 et mars 1903. (Paris, Laroze).

Commentaire. — Commentaire de MM. Trouillot et Chapsal. (Paris. *Les Lois Nouvelles*).

ÉTUDE

DE QUELQUES QUESTIONS

RELATIVES

A la Liquidation des Biens

des Congrégations Religieuses

AIX

TYPOGRAPHIE MAKAIRE IMPRIMERIE DE L'ARCHEVÊCHÉ (B. PHILIP, gérant)
2 rue Thiers 2

1903

ÉTUDE

DE QUELQUES QUESTIONS

RELATIVES A LA

LIQUIDATION DES BIENS

des Congrégations Religieuses

Résumer brièvement quelques indications utiles relatives à la liquidation des biens des congrégations religieuses, tel est notre but.

Nous nous occuperons surtout des Congrégations non autorisées, les premières et les seules pour lesquelles le problème ait pris naissance.

Nous nous réservons de dire un simple mot de la situation possible des Congrégations autorisées, on comprendra facilement notre laconisme à leur égard.

D'ailleurs, ces notes jetées, un peu à la hâte, dans le but d'aider ceux que cette liquidation préoccupe seront nécessairement incomplètes. Il est impossible de prévoir toutes les difficultés qui prendront naissance au cours de forts longs débats et qui entraîneront des décisions aussi diverses que contradictoires.

Congrégations non autorisées

I. Première phase : Début de la Liquidation

1° Nomination du Liquidateur.

C'est le premier acte.

Aux termes de l'article 18 de la loi du 1ᵉʳ juillet 1901, les Congrégations non autorisées, soit qu'elles n'aient pas sollicité cette faveur, soit qu'elles l'aient vu refuser, sont réputées dissoutes de droit, il leur est nommé un liquidateur par jugement.

Cette nomination est aujourd'hui un fait accompli pour la plupart des Congrégations d'hommes, nous ne ferons donc que rappeler les difficultés qui ont surgi.

On s'est demandé si l'on pouvait faire opposition au jugement de nomination.

Il a été décidé à cet égard, d'une part : que la liquidation étant une mesure conservatoire et obligatoire, qui ne peut préjudicier à aucun droit, aucun de ceux qui prétendent des droits et notamment les revendicants ne peut faire échec à cette mesure et par conséquent user de recours contre la décision rendue.

(Cour de Toulouse, 1ʳᵉ chambre, 17 décembre 1902, Gaz. Trib. février 1903. 2. 140. — Trib. de la Seine, 31 juillet 1902, Gaz. Pal. 1902. 2. 230 et les références en suite de ces décisions).

D'autre part, il a été admis qu'une sorte de recours qualifié de tierce opposition, introduit par la collectivité congréganiste, ou par le supérieur pouvait être déclaré recevable.

(Trib. civ. de Bordeaux, 1re chambre, 7 juillet 1902. Gaz. Trib. 14 août 1902)

Cette pratique s'est même généralisée après le rejet d'autorisation opposé aux demandes des congrégations d'hommes. Jugé d'autre part que la décision rendue étant un acte de juridiction gracieuse, il ne peut y être fait opposition.

(Trib. de la Seine, 19 mars 1903, Gaz. Trib. 1903. 2. 316 et Trib. de la Seine, juillet 1903).

En tout cas, l'utilité de ce recours ne peut être que de démontrer l'erreur commise :

1° Soit que le groupement n'ait pas été dissous, soit qu'il ne puisse pas être considéré comme une congrégation ;

2° Soit que l'on ait nommé un liquidateur spécial à la suite de la fermeture d'un établissement dépendant d'une Congrégation non dissoute.

(Voir ce cas : Trib. civ. de Joigny, 27 juin 1902. Gaz. Trib. 10 juillet 1902).

Mais ce recours ne peut atteindre d'autre but, c'est pourquoi il échoue généralement. On peut, en effet, poser le principe : que dès qu'il y a dissolution d'une Congrégation, il y a nécessairement liquidation et nomination de liquidateur. L'article 18 est formel et impératif. Peu importe l'issue possible de cette mesure, elle n'est d'ailleurs que conservatoire.

Ce principe a été suivi par un grand nombre de décisions. C'est pourquoi il a été admis :

1° Qu'il y a lieu à nomination de liquidateur, même si la Congrégation a dispersé ses biens. Nous retrouverons plus tard ces décisions en examinant la validité de cette dispersion.

2° Que le recours ne peut pas faire obstacle aux premières mesures de liquidation.

Nous estimons même que les oppositions formées jusqu'à ce jour, ont amené des résultats diamétralement opposés à ceux que l'on était en droit d'attendre, et ont provoqué un certain trouble dans la jurisprudence.

Si l'on étudie de près le plus grand nombre des décisions on voit que la plupart de celles qui ont paru approuver des thèses combattues par les revendicants, n'ont été amenées à la solution rendue qu'à cause de cette unique préoccupation qui attirait et retenait leur attention : Y a-t-il lieu à nomination d'un liquidateur. Sous peine d'erreur l'on ne peut donc pas écarter, ou ranger *a priori* dans une catégorie, un jugement quel qu'il soit.

De quel jour part le délai pour revendiquer ?

C'est la deuxième difficulté soulevée ; difficulté un peu théorique, puisqu'en fait dans chaque arrondissement où la Congrégation compte un établissement, le Ministère public est chargé d'assurer la publicité ; et qu'en pratique deux précautions valant mieux qu'une, les revendicants n'attendront pas longtemps pour faire valoir leurs droits. Elle pourrait cependant prendre naissance et mérite d'être envisagée au point de vue de la recevabilité des actions en revendication.

Deux thèses sont en présence : celle de la publicité séparée, celle de la publicité unique.

Leur exposé va permettre de saisir leur influence sur la question posée.

Dans la thèse de la publicité séparée, on dit : la publicité est parfaite pour chaque arrondissement distinctement dès que la formalité y est accomplie. L'omission d'une publication n'influe pas sur les autres. De ces prémisses on conclura : que puisqu'il faut envisager chaque arrondissement distinctement le délai contre tout revendicant, quelle que soit sa résidence, commence à courir du jour où la formalité a été accomplie dans le ressort du tribunal dont dépend le litige, donc si plus de six mois se sont écoulés aucune demande n'est plus possible devant ce tribunal,

Dans la thèse de la publicité unique on dira : tant que le jugement n'a pas reçu publicité partout, il n'est publié nulle part. L'omission entraine donc la nullité, l'absence totale de publicité. Comme conséquence, on déduira : que le délai ne court pas du jour où la formalité a été spécialement accomplie dans l'arrondissement, il court du jour de la dernière publication effectuée. Une demande peut donc être recevable même si plus de six mois se sont écoulés depuis la publication dans un ressort déterminé.

La thèse de la publicité séparée ne repose guère que sur des arguments spécieux, La loi, dit-on, a-t-elle voulu un formalisme aussi compliqué ? Ne se trouvera-t-on pas en présence de revendicants qui habitent l'arrondissement, connaissent la situation et auxquels on peut reprocher leur inertie ?

La thèse de la publicité unique a été proposée et soutenue par M. le professeur Chavegrin dans son remarquable article sur les biens des Congrégations.

(Chavegrin, les Biens des Congrégations, *Journal des Sociétés* n° de décembre 1902).

Elle repose sur de puissantes considérations.

Ces considérations sont tirées d'abord de la loi elle-même et du but qu'elle s'est proposé. La loi édicte une publicité et ce n'est pas en vain que cette mesure est ordonnée ; il faut donc mettre les intéressés à même de connaître la nomination puisqu'ils vont être atteints. La mesure de la forclusion est grave ; il ne faut donc pas de lacunes. D'ailleurs, qu'a voulu la loi ? Elle a voulu manifestement une liquidation unique, il n'y a pas une liquidation par établissement, il n'y a qu'une liquidation par congrégation. Celle-ci forme un tout au regard de la mesure ordonnée. De cette unité de liquidation, ne peut-on pas conclure à l'unité de publicité ?

Ces considérations sont en outre tirées du droit commun. La loi, en d'autres matières, édicte des mesures semblables. Le cas le plus remarquable est celui des sociétés. Malgré le silence gardé par l'article 59 de la loi de 1867, il est admis par la jurisprudence qu'il y a nullité de la publicité si elle n'est pas effectuée dans tous les endroits dans lesquels la société compte un établissement.

(Voir ce point, Paris 29 déc. 1885. Sirey 86. 2. 41 et sur pourvoi Cass. req. 14 nov. 1887. D. P. 89. 1. 205).

2° Compétence.

Une jurisprudence à peu près établie a admis qu'il n'était dérogé en rien aux règles ordinaires de l'art. 59 du Code de Procédure Civile. En conséquence, les actions relatives aux immeubles étant réelles sont portées au tribunal du lieu de situation. Celles en revendication de meubles, ou en partage de l'actif sont personnelles et sont portées au tribunal du liquidateur.

(Voir Trib. civ. de la Seine, 31 juillet 1902. Gaz. Trib. 1902. 2ᵉ sem. 2. 215. Trib. civ. de Laon, *ibidem* 2. 256. En ce sens, Chavegrin article précité).

On sait d'ailleurs qu'un projet a été déposé à ce point de vue dans le but d'attribuer compétence unique.

En tout cas, on ne peut pas hésiter à admettre que l'assignation donnée même devant un tribunal incompétent sauvegarde les droits du revendicant. Le but de la loi est atteint : elle veut que les compétiteurs se manifestent dans un bref délai, pas davantage.

3° Pouvoirs du Liquidateur.

Aux termes de l'article 18, le liquidateur a les pouvoirs d'un administrateur-séquestre.

Sa première initiative, consiste à prendre des mesures conservatoires destinées à fixer la consistance des biens occupés par la Congrégation. Si l'on a généralement admis la légalité de ces mesures, on ne s'est point encore mis d'accord pour déterminer celles qui seraient plus particulièrement employées. Un certain nombre de décisions ont prescrit l'apposition de scellés, d'autres se sont contentées d'ordonner des inventaires descriptifs.

En l'état de ces divergences, il est impossible de fixer une règle, on peut dire simplement qu'autant que faire se peut provision est due au titre, qui ne doit supporter que les atteintes que comporte la nécessité pour la conservation de la chose.

Après avoir fixé la consistance des biens le liquidateur commence les opérations proprement dites, il subit l'assaut des revendicants, il plaide, puis il vend et il distribue l'actif.

Diverses difficultés peuvent surgir au cours de cette administration, nous allons en examiner quelques-unes.

Les propriétaires apparents sont-ils dessaisis de l'administration ?

En fait, dès qu'un liquidateur a été nommé des propriétaires apparents ont manifesté leur intention de revendiquer et ont protesté en invoquant leur droit sur l'immeuble. Jusqu'à ce jour, après avoir pris les mesures conservatoires dont nous venons de parler, les liquidateurs ont laissé la jouissance aux revendicants ; mais des tendances différentes pourraient se manifester.

A l'appui du dessaisissement on pourrait invoquer les paroles de M. le Président du Conseil lors du retour du texte de l'article 18 à la Chambre. Or il dit : « Le tribunal nommera un administrateur-séquestre ; il y a là des expressions qui comportent en elles-mêmes beaucoup de commentaires. A partir du jugement et de la nomination du liquidateur tous les biens et leur administration sont sous la main de ce séquestre. Par conséquent, il y a un dessaisissement de fait opéré par le jugement lui-même, de tous ceux qui sont propriétaires apparents ou qui se préparaient à revendiquer.

(Voir ce passage D. P. 1901. 4. 130).

Dans son commentaire de la loi de 1901 le rapporteur de la loi va moins loin, il dit simplement : que le liquidateur doit prendre sous sa garde les biens détenus par la Congrégation ; celle-ci étant dessaisie de toute administration.

(Commentaire, page 340).

Nous pensons qu'aucune raison ne s'impose de dessaisir le propriétaire de l'administration qui repose sur sa tête. Il y a par la revendication, conflit ouvert entre le liquidateur et le propriétaire ; aucun tribunal ne peut préjuger de l'issue de ce conflit, or s'il est des titres suspects en apparence, il en est d'autres qui sont sérieux et certains. La règle doit cependant être unique pour tous les cas.

Au surplus, la liquidation de même que le séquestre, est une mesure provisoire et conservatoire, elle ne peut donc autoriser que les actes commandés par la nécessité.

Qu'on le remarque, il ne s'agit point de conserver à la Congrégation elle-même l'administration d'un bien dépendant de son patrimoine. La Congrégation est dessaisie, et c'est dans ce sens seulement qu'il sera vrai de parler de dessaisissement. Si donc la Congrégation se dissout et ne laisse personne pour administrer, ou prétend continuer elle-même la gestion, le liquidateur pourra la dessaisir. Ce n'est pas le cas que nous supposons, le seul peut-être qui fut envisagé lors de la confection de la loi, nous supposons un tiers se présentant en son nom personnel et prétendant continuer une administration qu'il dit avoir déjà exercée et prétendant un droit acquis personnel sur la chose ou prétendant gérer pour son compte et non pour celui de l'association. Quelles raisons y aura-t-il alors de le dessaisir ? Tout au plus pourra-t-on lui demander compte et prendre les mesures strictement exigées par la nécessité.

Cette thèse se fortifiera si l'on se reporte à ce qui se passe en matière de séquestre ordinaire.

La liquidation ordonnée par l'article 18 équivaut au séquestre judiciaire nommé à propos d'un immeuble dont la propriété ou la possession est litigieuse entre deux parties,

Or qu'est le séquestre ? Les auteurs répondent : c'est une mesure conservatoire. Le séquestre ne fait que des actes conservatoires. Son administration ne dépasse pas les limites de la nécessité.

(Baudry et Wahl, volume 20 Droit Civil, page 654. Guillomard. Dépôt n° 177).

Le principe que nous posons est si certain, qu'il n'a pas été sérieusement contesté et qu'il a trouvé place dans un certain nombre de décisions qui ont déclaré que provision était due au titre même suspect, et qu'elles ne pouvaient rien ordonner qui allât contre le droit de propriété, si ce n'est les mesures urgentes.

(Voir Trib. civ. de Narbonne, Gaz. Trib. février 1902 et Trib. civil de la Seine 31 juillet 1902. Gaz. Trib. 1902, 2ᵉ semestre. 2. 215).

Le Liquidateur doit-il consigner ?

Ici la réponse n'est plus douteuse. Tout actif doit être déposé à la Caisse des Dépôts et Consignations. Cela résulte du texte de l'article 18, complété en tant que de besoin par le 2ᵉ décret du 16 août 1901.

Article 18. — Le produit de la vente, ainsi que toutes *les valeurs mobilières*, sera déposé à la Caisse des Dépôts et Consignations.

Article 5 du 2ᵉ décret du 16 août. — Le liquidateur déposé à la Caisse le produit des ventes au fur et à mesure de leur réalisation.

Doctrine en temps que de besoin corroborée par les règles ordinaires du séquestre et l'article 2 de l'ordonnance du 3 juillet 1816.

(Dans ce sens, Commentaire page 343).

Qui peut demander cette consignation ? Nous pensons que, se conformant aux règles ordinaires du Droit commun, tout intéressé pourra introduire cette demande.

Le Liquidateur a-t-il droit à un salaire ?

Le liquidateur a droit à un salaire, mais il est utile de rappeler qu'il ne le fixe pas lui-même. Le salaire doit être réglé par le tribunal ; et si la Caisse des Dépôts est valablement libérée par tout paiement fait avec le consentement du liquidateur, elle ne peut solder les émoluments de celui-ci que sur le vu d'une décision judiciaire.

(Art. 5 du 2ᵉ décret du 16 août 1901).

Le liquidateur, d'ailleurs, doit compte et est responsable de ses fautes.

II. Deuxième phase : Revendication

1° Les biens des Congrégations non autorisées sont-ils des biens sans maître ?

Au début des explications relatives aux revendications il n'est pas inutile de revenir sur cette question si souvent agitée. Elle domine en effet tout le débat, et on peut dire qu'elle a déjà exercé son influence sur quelques décisions judiciaires. Des tendances se sont manifestées de considérer les biens comme nécessairement dévolus à l'Etat comme biens sans maître.

Nous n'avons pas à revenir ici sur la discussion générale qui fut, au point de vue théorique, présentée et soutenue dès le début de la discussion de l'article 18. Il nous suffit de rappeler la consultation de M. le bâtonnier Barboux et le savant exposé de M. Beauregard à la Chambre.

(Chambre des Députés, séance du 27 mars 1901. *Journal Officiel* du 28 mars 1901, page 975).

Il suffit, à notre point de vue, d'envisager ce qu'a voulu le législateur. Or il est certain et indéniable, que la théorie de la dévolution nécessaire à l'Etat des biens des Congrégations comme biens vacants, présentée et soutenue par le Gouvernement, n'a pas trouvé grâce devant le législateur.

On l'a nié et reprenant l'argumentation du rapporteur de la loi, lors de la nouvelle discussion de l'article 18 à la Chambre, on a dit : rien n'est changé par le texte de la loi. Le législateur n'a pas voulu

trancher la question de dévolution des biens, il a res-
pecté les principes de la séparation des pouvoirs ; les
tribunaux auront donc à décider ; mais le droit de
l'Etat reste intact, et comme les congréganistes ne
pourront pas exciper de sociétés de fait existant entre
eux, le législateur, ainsi qu'il ressort de la discussion,
ayant repoussé ce procédé ; ce droit sera presque
exclusif.

(Commentaire, page 366).

Cette négation est contraire à l'évidence. A trois
reprises, dans la discussion, le droit exclusif de l'Etat
fut affirmé et à trois reprises les Chambres l'ont
repoussé.

Ce fut d'abord le but de l'amendement Lhopiteau ;
l'acte le premier et le plus important puisqu'il intro-
duisit dans la loi l'expression d'ayants-droits. Or cet
amendement ne fut voté que parce qu'il était opposé
aux projets soutenus par le Gouvernement tendant à
la dévolution plus ou moins directe à l'Etat. Et ce ne
fut pas un acte sans importance laissant les choses
intactes, puisque son auteur déclare lui-même : « que
les biens ne vont pas à l'Etat et que celui-ci pourra
être tout au plus un ayant-droit.

Ce fut le but d'un amendement de M. Tillaye au
Sénat, qui se confondit avec un amendement de
M. Guérin. Comprenant l'importance des dispositions nouvelles le Gouvernement en ménageant l'expression d'ayants-droits avait ajouté : « en aucun cas
les congréganistes ne pourront prétendre de droits
résultant de sociétés de fait. » Le but de cette adjonc-

tion, le rapporteur l'indiquait nettement : c'est qu'en fin de liquidation il n'y aura guère que des sociétés de fait qui se présenteront; c'est donc à l'Etat que les biens auront le plus de chance d'appartenir. L'amendement Guérin demandant la suppression de ce texte fut voté pour repousser ces prétentions.

Enfin comme si tout cela n'était pas suffisant la discussion fut reprise à la Chambre; M. Viviani demanda des termes plus clairs, il redemanda l'adjonction des termes repoussés par le Sénat. La Chambre en revint au texte primitif, au texte de M. Lhopiteau.

Peut-on voir dans tout ce débat, une discussion vaine et dire qu'elle n'a pas produit de résultat. Qu'on observe d'ailleurs l'intérêt de la lutte engagée, l'ardeur avec laquelle les thèses furent soutenues, les noms de ceux qui votèrent pour ou contre les propositions Lhopiteau ou Guérin, on se convaincra qu'il y a eu volonté exprimée, et que dans le débat il y eut un vaincu, ce fut M. Waldeck-Rousseau auteur de la thèse des biens vacants.

De ceci on doit conclure :

Que le législateur a nettement repoussé la thèse présentant les biens des Congrégations comme des biens vacants et sans maître, nécessairement dévolus à l'Etat.

Que celui-ci n'a donc pas de droit exclusif et préférable à celui des autres.

Qu'il n'est appelé à recueillir une part comme ayant-droit ordinaire que dans un cas spécial que nous aurons à envisager ultérieurement. Vocation née d'ailleurs non de la déshérence, mais de la seule volonté du législateur en tout cas anormale et exceptionnelle.

Voir Chavegrin, article cité *Journal des Sociétés* septembre 1902).

2° Les Congrégations ont-elles pu liquider pendant la période intermédiaire du 1er juillet au 1er octobre ? Validité des contrats consentis à cette époque.

Cette question délicate a été déjà soulevée et a donné lieu à deux systèmes diamétralement opposés.

Observons d'abord qu'aucune des décisions judiciaires rendues jusqu'à ce jour, sauf l'arrêt de la Cour de Rennes dont nous aurons à parler, n'a solutionné cette question. En effet, la seule préoccupation des tribunaux au regard des litiges pendant devant eux, fut de savoir : s'il y avait lieu ou non à nomination de liquidateur, même au cas de dispersion anticipée des biens. Ils ont répondu avec raison : oui, l'article 18 est formel, il y aura liquidation même s'il y a eu dispersion. Nous avons nous-même adopté cette manière de voir.

Différente est la question que nous envisageons. En effet, nous devons considérer la situation de fait qui se présentera au regard de la liquidation une fois ordonnée. Or on se trouvera en présence de revendicants qui prétendront avoir acquis des droits, ou avoir vu sanctionner leurs droits préexistants pendant la période intermédiaire. La question posée est donc celle de la validité des conventions passées depuis le 1ᵉʳ juillet 1901. Il s'agira de savoir si la Congrégation a pu agir et dans quelles limites ?

Dans un premier système, on soutient : qu'il n'y a pas de liquidation possible pendant la période transitoire. L'article 18 est formel, il règle une dévolution déterminée à laquelle il est impossible de déroger. La loi de 1901 est une loi de défiance, et l'on ne peut tolérer des entreprises qui auraient pour résultat de renverser les règles établies. De là à la nullité de tout contrat passé en période transitoire, il n'y a qu'un pas.

Dans un deuxième système, on soutient au contraire que les Congrégations ont conservé pendant la période intermédiaire leur liberté pleine et entière, libres de disperser leur personnalité, elles ont été libres de disperser leurs biens. C'est la thèse consacrée par la Cour de Rennes dans son arrêt du 26 novembre 1902.

(Gaz. Trib. 1903. 1ᵉʳ sem. 2. 91).

Elle s'appuie sur deux considérations : La première tirée du texte même de l'article 18. Que dit cet article : Les Congrégations existantes sont réputées dissoutes, il en sera de même de celles auxquelles l'autorisation a été refusée. La liquidation des biens détenus par elles aura lieu... etc. Elles qui ? Elles Congrégations dissoutes donc du jour de leur dissolution.

La seconde tirée du but même poursuivi par le législateur et du délai qu'il a imparti. Qu'a voulu la loi ? Quel est son but primordial ? essentiel ?

Faire cesser une existence de fait jugée préjudiciable. Pour cela elle édicte deux mesures générales: la dispersion des personnes et celle des biens et elle impartit un délai, sorte de terme de grâce, donné à l'accomplissement de sa volonté. Si donc la Congrégation a obtempéré aux injonctions de la loi, si elle a disparu dans le délai elle a obéi. Aux termes de la loi elle-même elle est inexistante, elle est comme si elle n'avait jamais été. D'ailleurs, si la loi elle-même dans l'article 18 a réglé un mode de liquidation, faut-il penser qu'elle a voulu impérieusement que l'on se soumît à ce mode, ou n'est-il pas naturel de penser qu'elle a simplement cherché à édicter des règles qui assurassent efficacement une dispersion qui n'eût pas été réalisée déjà. Pour qu'il en fût autrement, il eût été nécessaire de démontrer que la loi de 1901 a réellement créé des droits spéciaux nés irrévocablement le 1er juillet, acquis en quelque sorte à cette date et lésés par la liquidation anticipée. Ces droits n'existaient pas avant le 1er juillet, le donateur, le revendiquant n'avaient rien à prétendre, rien à critiquer, ils ne pouvaient invoquer que les nullités de droit commun ; quant aux ayants-droits ils se confondaient avec la personne même des congréganistes. Cette situation est-elle modifiée par la loi de 1901 ; la loi a-t-elle créé un droit nouveau pour le donateur le revendiquant ? Ne leur confère-t-elle pas plutôt une action facultative qu'ils exercent librement celle de venir reprendre un bien dont la possession est désormais illicite, ou de partager un actif. Si l'on scrute la loi on en arrive à cette conviction c'est qu'il n'y a pas réellement de droits acquis de par la loi. Un seul droit a pu être lésé et c'est là, au fond, qu'il faut en revenir le droit de l'Etat ; or si l'on démontre et l'on établit que l'Etat n'a pas de droit primordial et absolu, qu'il n'est qu'un ayant-droit ordinaire dans une hypothèse donnée prévue par le texte même de l'article 18, ayant droit à défaut de reprise par le donateur donc primé par celui-ci on en aboutit à conclure que ce droit même de l'Etat est aléatoire puisqu'il ne réside que dans une vocation légale que les parties peuvent facilement faire disparaître.

Cette thèse est la seule admissible. Elle sera vivement combattue, et facilement combattue à l'aide de l'argument d'ordre public que l'on sert à défaut de tout autre. De nombreuses décisions paraissent l'avoir repoussé de crainte de heurter ainsi la loi. Aussi sera-t-il souvent nécessaire de la fortifier par des considérations tirées des faits de la cause. Qu'on le remarque, en effet, à priori aucune nullité ne s'impose et l'on doit toujours supposer la validité d'un contrat même passé en période intermédiaire. Les adversaires même les plus intransigeants sont obligés de concéder que les congréganistes ont pu faire « au moins ce que le liquidateur eut pu faire lui-même qu'ils ont pu liquider « toutes les fois qu'aucune des dispositions de la loi n'a été violée. » Que le contrat sera valable toutes les fois que l'on se sera, comme on dit, conformé à la loi. En fait, ce criterium ne se rencontrera-t-il pas souvent, nous allions dire toujours. On aura donc intérêt à disséquer les espèces, à les étudier au regard de la loi elle-même, à répondre aux diverses questions que nous allons étudier, et à démontrer que la liquidation qui fut faite ne fut pas fantaisiste, et que le contrat passé fut valable puisqu'il sanctionnait simplement le résultat que la loi eût amené elle-même. C'est pourquoi le fait, d'accord avec le droit, démontrera nettement ce principe que nous voudrions dégager de cette discussion : c'est qu'il n'y a pas de droits lésés par la liquidation anticipée.

3° Les présomptions édictées par l'article 17 rétroagissent-elles ?

Pour comprendre l'importance des problèmes que soulève cette troisième question, il n'est pas inutile de jeter un coup d'œil sur la situation qui existait au jour du vote de l'article 17. Cette situation était la suivante : les Congrégations étant incapables d'acquérir ou de recevoir, ne pouvaient rien posséder par elles-mêmes ; c'est sur la tête de tiers que reposait la propriété, et qu'étaient faites les libéralités.

Mais comme ces tiers congréganistes ou non étaient pleinement capables, ils étaient considérés comme agissant pour leur compte personnel à moins que l'on ne démontrât l'interposition, c'est-à-dire la simulation de l'acte. Cette preuve pouvait être faite par tous les modes, notamment à l'aide de présomptions.

L'article 17 de la loi de 1901, modifie totalement cette situation ; il établit en effet un certain nombre de présomptions qui feront nécessairement supposer que les personnes visées n'ont pas agi pour elles, mais bien pour la Congrégation dissimulée derrière leur personnalité.

On saisit donc la différence de situation qui va résulter de la solution donnée au problème de la rétroactivité de l'article 17.

Si l'on admet l'applicabilité dans le passé des présomptions de cet article, tous les actes faits au nom ou pour le compte d'une personne suspectée, seront supposés viciés ; elle devra, si elle revendique, faire la preuve contraire qui lui est réservée.

Si au contraire on admet la non rétroactivité, on en conclura simplement que le propriétaire gratifié n'a rien à prouver. Ce sera au liquidateur à faire la preuve de la simulation. On ne pourra suspecter la personne à raison de sa qualité ; il faudra démontrer comme autrefois la fraude.

La thèse de la rétroactivité de l'article 17, soutenue par MM. Trouillot et Chapsal, n'a rencontré que peu de crédit. De rares décisions, pour le moment, l'ont admise.

Les arguments présentés, sont les suivants :

La loi est une loi d'ordre public, elle doit donc s'appliquer au passé. D'ailleurs, s'il en était autrement, son but serait manqué, car au lieu de mettre fin aux errements anciens on les perpétuerait. La rétroactivité n'a-t-elle pas d'ailleurs été édictée par la loi elle-même dans l'article 18, qui va se référer à l'article 17 et corroborer ainsi ce qui résultait de l'esprit de ce texte.

Cette opinion est confirmée en outre par les paroles mêmes de M. Waldeck-Rousseau à la suite du rejet de l'amendement Isambert.

Enfin une décision a ajouté qu'il n'est pas possible de parler de droits acquis parce que la Congrégation, personne réellement gratifiée, étant incapable, n'a pu acquérir de droits et que l'intermédiaire étant personne suspectée n'en a pu acquérir davantage.

(Trib. civ. de Marseille, 1ᵉʳ avril 1903. *Recueil de Marseille*, 1903, page 155).

Une jurisprudence plus nettement établie a répondu à ces argumentations et a admis la non rétroactivité de l'article 17. Elle se base :

1° Sur l'article 2 du Code civil et le principe général de la non rétroactivité des lois. Ce principe est la sauvegarde des citoyens, il est établi pour le respect de la propriété et des droits acquis. La rétroactivité doit être voulue par le législateur, elle ne peut être admise sans son intervention. L'ordre public lui-même n'est pas suffisant pour faire supposer une application dans le passé non sollicitée par le législateur lui-même. D'autres lois furent d'ordre public et ne rétroagirent point.

2° Sur le texte de l'article visé lui-même. Ce texte vise l'avenir, cela résulte amplement de ses termes. Il se réfère à toute la législation nouvelle qui vient d'être promulguée. Il a pour but d'empêcher les associations de violer les dispositions nouvelles et sévères de la loi. Qu'on le remarque, d'ailleurs, et

MM. Trouillot et Chapsal sont obligés de le reconnaître.

(Commentaire, page 302).

L'article 17 ne vise pas que les congréganistes, il vise tous les associés, toutes les sociétés ayant pour but de prêter leur nom aux associations pour leur permettre de violer les articles 2, 6, 9 et 11. Ajoutons encore qu'il n'est pas possible de scinder un texte, d'admettre la rétroactivité pour un cas et non pour les autres. Or, il est un point certain, c'est que jamais les dispositions de l'article 17 ne pourront s'appliquer rétroactivement au propriétaire du local occupé par l'association, puisque le paragraphe 3 prend soin de dire que la présomption établie ne commence qu'*après* que l'association a été déclarée illicite.

3° Quant aux paroles de M. Waldeck-Rousseau, elles ne peuvent avoir d'autre portée que celle d'une opinion personnelle. M. Isambert propose, en effet, de déclarer suspects les contrats passés depuis le 1er janvier. M. Bertrand combat cet amendement et proteste contre cette rétroactivité. La Chambre rejette l'amendement et c'est alors seulement ; c'est-à-dire après le vote et sans sanction efficace qu'il jettera dans l'air : que l'amendement faisait double emploi avec le texte de l'article 17. Faut-il discuter la décision rendue par le Tribunal civil de Marseille ? Dire qu'il n'est pas possible de parler de droits acquis c'est résoudre la question par la question et supposer une rétroactivité qui ne s'impose pas.

(Voir dans le sens de la non rétroactivité : Cour de Lyon, 15 juillet 1902. Gaz. Trib. 2e sem. 1902. 2. 223. Trib. de Nîmes,

12 février 1903, Gaz. Trib. 1er sem. 2. 309. Trib. de Versailles, 26 fév. 1903. Gaz. Trib. 1903. 2. 332. Trib. de Valence..... Gaz. Trib. juin 1903. Chavegrin, article cité *Journal des Sociétés*, mars 1903, et Planiol Cours de Droit civil, tome I, Supplément n° 19).

Conclusion : L'article 17 ne rétroagit pas. Les personnes qu'il vise ne sont pas, nécessairement, suspectées. Le liquidateur doit faire la preuve de la simulation ; il peut la faire par tous les modes.

C'est parce qu'elles ont admis que cette preuve était faite que deux décisions ont pu statuer sans prendre parti. Ce sont les arrêts de la Cour de Bordeaux du 18 mai 1903 ; et de la Cour de Caen du 16 février 1903.

(Gaz. Trib. 1903, n° 27 mai 1903 et 1er sem. 2. 240).

Quant aux *présomptions admises*, elles seront diverses.

D'une part, on pourra soutenir que la destination ou l'affectation de l'immeuble ne suffit pas à elle seule, en dehors de tout autre élément.

(*Sic* Cour de Montpellier, 18 mars 1903. Gaz. Trib. n° 10 mai 1903. — Beudant note sous D. P. 79. 2. 225).

D'autre part, que l'interposition résulte de transmissions successives et réitérées, du soin pris d'écarter les tiers et de perpétuer la détention aux mains de congréganistes ; de l'impossibilité où était l'acquéreur de solder le prix... etc. etc.

4° Divers ordres de revendications.

Ces choses dites, nous allons brièvement passer en revue les diverses revendications qui pourront se produire.

Le revendicant sera un tiers. Individu ou société, il se prétend propriétaire en vertu d'actes consentis antérieurement à la loi. Pas de difficulté ici. Ce tiers ne peut être supposé en principe personne interposée, on devra donc faire preuve contre lui.

Ce sera un donateur. Le donateur ou son représentant agit en vertu d'un droit propre qui lui est reconnu par l'article 18. Il poursuit une sorte d'action en reprise qu'on pourrait assimiler à celle usitée en droit commun pour inexécution des charges. Son action n'est pas inconciliable et peut se combiner avec celle du gratifié. On peut concevoir que le gratifié prétende conserver l'avantage qu'il a reçu, et que le donateur n'agisse que pour sauvegarder son droit au cas où la décision serait contraire aux prétentions du gratifié.

Ce sera un congréganiste. Le congréganiste peut se présenter en deux qualités ; il peut demander à reprendre ce qu'il avait antérieurement à son entrée en religion, il peut demander ce qu'il a acquis depuis soit à titre onéreux, soit à titre gratuit.

On a essayé de contester le droit de reprendre ce qui a été acquis à titre onéreux après l'entrée en religion. On s'est basé, pour cela, sur le texte de l'article 18. Ce texte, a-t-on dit, est limitatif et il ne prévoit que deux reprises possibles, celle des biens antérieurement acquis, celle des legs.

Cette argumentation est subtile, car de ce que le texte ne prévoit que deux cas il est difficile de conclure qu'il a éliminé le troisième ; il a gardé le silence voilà tout.

En fait, la jurisprudence n'a pas établi de distinction. C'est qu'en effet si l'article 18 a parlé plus spécialement des dons et legs, c'est qu'il va établir ici une distinction.

A notre avis, en présence d'une revendication ainsi introduite par un congréganiste, voici ce qu'il faut décider.

S'il se présente muni d'un contrat à titre onéreux le congréganiste, pas plus que tout autre, ne peut être réputé personne interposée, puisque l'article 17 ne rétroagit pas.

On devra prouver contre lui la simulation si le bien a été acquis avant l'entrée en religion, il sera moins facile de supposer la fraude.

Si au contraire le congréganiste invoque un legs ou un don fait autrement qu'en ligne directe, il doit faire la preuve que la libéralité est personnelle, même si elle est antérieure au mois de juillet 1901. En ce sens la loi rétroagira, mais cette rétroactivité est voulue, elle est spécialement édictée par le texte de l'article 18.

M. le professeur Chavegrin a essayé de justifier cette distinction en disant : Dans le contrat à titre onéreux, il y a une coopération ; une contrepartie fournie ; un *onus* ; pourquoi suspecter la sincérité par avance ; le législateur ne la suspectera que pour l'avenir, il édictera des présomptions. Dans le contrat à titre gratuit, il n'y a pas de contrepartie ; il y a un gratifié dont on a le droit de suspecter toujours la sincérité ; c'est pourquoi la jurisprudence fut autrefois plus

sévère toujours pour ce cas ; et c'est pourquoi le législateur eut raison de demander ici une preuve.

Ce raisonnement n'est point satisfaisant et nous
cherchons vainement les raisons du *distinguo* édicté
par la loi. Il nous faut l'admettre simplement parce
qu'il fut voulu.

III. Troisième phase : Répartition de l'Actif

1° Constitution de l'actif.

Les difficultés relatives aux revendications sont
terminées. Le liquidateur a rendu aux donateurs ce
qui leur revenait ; il a vu accueillir ou succomber ses
prétentions au regard des revendicants ; sa tâche
n'est pas terminée et la liquidation entre dans une
phase nouvelle. Les biens restés sont vendus aux
enchères publiques et le capital est constitué par tout
ce qui est ou a été perçu, composant l'actif net à
répartir. On en déduira quelques dettes et charges de
la liquidation, puis il y aura répartition entre les
ayants-droits.

Cette expression, mal définie, donnera lieu à de
nombreuses difficultés que nous allons essayer d'examiner.

2° Recevabilité des actions.

Ce sera la première question. Les ayants-droits
peuvent-ils, en fin de liquidation, introduire une ac-

tion tendant au partage de l'actif ? Il semblerait que poser la question c'est la résoudre, il n'en sera rien.

Dans une opinion, on soutiendra qu'il n'y a plus d'action possible ; que tous ceux qui ont des droits doivent agir dans le délai prescrit sous peine de forclusion, et qu'il ne faut pas prolonger à de nouvelles difficultés la liquidation déjà si difficile.

Raisonner ainsi c'est, à notre avis, méconnaître les vrais principes ; c'est d'ailleurs en revenir à admettre le droit exclusif de l'Etat. S'il n'y a plus d'action possible, comment y aura-t-il répartition entre les ayants-droits, et pourquoi cette expression de la loi.

Il faut donc conclure autrement. Aux termes mêmes de l'article 18 la forclusion ne s'applique qu'aux revendicants et aux actions en revendication. Il y est dit, en outre, qu'après que les contestations seront jugées, l'actif sera réparti. Ce n'est donc qu'à ce moment que les actions nouvelles tendant à la répartition pourront se produire elles étaient impossibles avant. Qu'on le remarque d'ailleurs il va exister une différence profonde entre l'action du revendicant et celle de l'ayant-droit. Le revendicant invoque un titre et un droit qui en découlent, droit exclusif de tout autre. L'ayant-droit n'invoque qu'une créance sur l'actif. Quelles mesures eût-il pu prendre pour sauvegarder son droit, eussent-elles abouti à autre chose qu'à voir sanctionner les réserves qu'il eût dû formuler !

Donc, il faut déterminer les ayants-droits et cette

détermination ne peut avoir lieu qu'en fin de liquidation.

3° Quels sont les ayants-droits.

Nous pensons que pour apporter une solution
équitable de cette question il faut rejeter tout système
absolu.

On ne doit donc pas dire : il n'y a qu'un ayant-
droit possible c'est l'Etat. C'est, en effet, admettre la
dévolution nécessaire à l'Etat; c'est reprendre la discussion des biens sans maîtres, et aller contre la volonté du législateur.

On ne peut dire davantage : il n'y a que les congréganistes qui soient des ayants-droits, soit que l'on
excipe de sociétés de fait, soit que l'on parle de droits
communs nés de la collectivité d'intérêts. Y a-t-il réellement société de fait ? La jurisprudence l'avait-elle
admis ? On pourra en douter.

Donc, les systèmes intermédiaires sont les seuls
admissibles.

Voici celui proposé par M. le professeur Chavegrin :

Il faut, pour déterminer les ayants-droits, s'en référer aux errements anciens de la jurisprudence.

La loi, en inscrivant le mot d'ayants-droits, a
voulu rappeler le droit commun, c'est-à-dire ce qui
était admis par les décisions de justice.

Cette interprétation résulte des paroles de M. Lhopiteau, elle n'est pas en contradiction avec les travaux préparatoires.

D'ailleurs, ainsi la règle sera uniforme et simple, elle sera facile pour les tribunaux.

En conséquence, voici les déterminations qui s'imposent.

Si le bien provient d'un legs ou d'un don. La jurisprudence l'eût jugé avec sévérité, elle eût volontiers admis l'interposition et comme sanction la congrégation incapable n'eût pu rien recueillir, le prétendu gratifié n'eût pu davantage prétendre de droit ; le bien fut donc revenu au donateur, à défaut il fut tombé en déshérence. Il en sera de même. L'Etat sera donc ici l'ayant-droit à l'exclusion des congréganistes et à défaut de revendication par le donateur.

Si le bien provient d'un contrat onéreux. La jurisprudence eût annulé le contrat mais elle eût exigé le remboursement du prix. Le propriétaire sera donc un ayant-droit, il a droit à la chose ou au prix qu'il a réellement déboursé et sans lequel la chose n'eût pas figuré au patrimoine partagé.

Enfin, il y a le fruit du travail personnel, et ici encore la jurisprudence eût reconnu droit à une indemnité. Le congréganiste sera donc un ayant-droit pour cette part de bénéfice réalisé à l'aide de son travail.

(Voir Chavegrin; *Journal des Sociétés*, septembre 1902).

Ce système soulèvera de nombreuses difficultés et de nombreuses critiques et nous pouvons pleinement l'adopter.

Nous voudrions, sans prendre parti, essayer de

préciser certaines règles qui pourraient aider à préciser quels sont les ayants-droit.

Tout d'abord, nous pensons qu'il est impossible de trouver dans les travaux préparatoires de la loi une indication précise. A raison du but voulu par les partis, les uns désireux de voir la loi aboutir quand même, les autres la combattant systématiquement, les opinions les plus intransigeantes furent de part et d'autre soutenues. Laissons donc de côté les travaux préparatoires.

On pourrait se guider d'après les règles suivantes :

1° L'ayant-droit ne peut se présenter qu'en sa qualité d'individu, en vertu d'un droit personnel. La congrégation ne peut prétendre un droit propre. On laisse ainsi de côté la question de l'existence de sociétés de fait.

2° L'ayant-droit ne peut être un donateur ou un revendicant. Celui qui n'a pas agi dans les délais étant forclos. Toutefois le congréganiste qui a pu produire un titre de propriété apparente va pouvoir se présenter comme créancier dans des conditions que nous allons préciser.

Ces règles posées, voici les solutions que pourront comporter les diverses hypothèses.

Le bien est acquis à titre onéreux. Plusieurs membres ont contracté, on a jugé qu'il y avait interposition ; le bien n'est donc pas acquis de leur denier, il est acquis des deniers de la congrégation. Cepen-

dant, est-il possible de voir là un bien sans maître ?
Non. En effet si la congrégation n'a pu acquérir le
contrat est nul, nul de nullité absolue, donc le vendeur n'a pas transféré de droit, la propriété n'a pas
été transmise. La conséquence de la nullité n'est pas
la vacance du bien, c'est le retour au vendeur. Cependant celui-ci a perçu un prix indu, il doit resti-
tuer l'indu. Donc, on doit rembourser à celui qui a
payé ; celui qui a payé n'est pas le propriétaire ap-
parent seul, c'est l'ensemble des congréganistes composant la collectivité contractante. En vertu de ce
raisonnement et comme conclusion en cas de vente
l'Etat pourrait, en principe, demander la nullité,
mais il devrait compte du prix à ceux sans lesquels
la chose ne serait pas arrivée entre ses mains. Seront
donc ayants-droits non pas les propriétaires apparents congréganistes qui n'ont pas déboursé en réa-
lité, mais individuellement chaque congréganiste
qui viendra réclamer la part du prix qu'il a dû dé-
bourser, que l'Ordre a déboursé pour lui. Si nous
opposons 15 congréganistes et deux acquéreurs apparents ; les deux acquéreurs ne seront ayants-droits
que pour un quinzième chacun, et chaque congréganiste également pour un quinzième, part contri-
butive du prix payé.

Le bien est acquis à titre gratuit. Un congréganiste a invoqué un testament, il a été démontré qu'il
n'était qu'un prête-nom. Il est certain qu'on pourra
dire que le bien n'a jamais appartenu au gratifié qui
n'est qu'un intermédiaire et qu'aucun droit n'est né

au profit de la Congrégation incapable de recevoir. Toutefois, le bien ainsi en litige n'est pas sans maître. Il doit revenir au donateur. Mais l'article 18 ayant imparti à celui-ci un délai pour revendiquer, et ayant déclaré que passé ce délai il serait forclos ; il résultera de cette disposition : que le donateur qui n'a pas revendiqué ne pourra être considéré comme ayant-droit, et que le bien, se trouvant, par la volonté du législateur en déshérence reviendra à l'Etat qui sera le seul ayant-droit légitime. Cette disposition spéciale de l'article 18 doit, en tout cas, être interprétée restrictivement et c'est certainement à l'Etat à faire la preuve de la déshérence qu'il prétend invoquer.

Enfin, en ce qui concerne le *travail personnel*, il semble que chaque individu, invoquant le principe que nul ne s'enrichit aux dépens d'autrui, peut demander compte de la part qui lui revient au regard des sacrifices qu'il a faits, et du bénéfice qu'il a procuré. Evidemment ici les déterminations seront difficiles. Comment prouvera-t-on son intervention ? Comment chiffrera-t-on le gain réalisé ? Les solutions de ces questions pourront dépendre de l'importance de l'actif à répartir. Il faudrait, en effet, un enrichissement procuré à la congrégation, donc une augmentation de son avoir en dehors de celui qu'elle possédait déjà. Les legs seront cet avoir qui ne provient pas du travail. Les richesses mobilières ou immobilières acquises en dehors proviendront au contraire de ce labeur. Une seule objection serait possible pour l'admission de cette demande ; on pourrait dire

que le travail est la compensation des charges, et
que le congréganiste devant tenir compte de son
entretien ne pourrait donc réclamer que ce qu'il au-
rait apporté au-delà. On le remarquera, nous n'a-
vons pas parlé, comme ayants-droits des congrégations réclamant une pension, et nous n'hésitons pas
à les classer en dehors.

Il résulte, en effet, des termes du 2° décret du
16 août 1901, que la pension est une mesure de faveur dépendant de la juridiction gracieuse.

Ce droit de réclamer une pension n'est donc pas
inconciliable avec la propriété ou avec tout autre
droit reposant sur la tête du congréganiste. La loi a
simplement voulu, en donnant ce bénéfice, assurer
une pension alimentaire au cas ou toutes les entreprises échoueraient et où le congréganiste se trouve-
rait dépouillé de tout.

Congrégations autorisées

Nous avons déjà annoncé que nos explications seraient très courtes en ce qui concerne les Congrégations autorisées. Quel sera leur sort ? Il est bien difficile de le prévoir. Toutefois, aux termes de l'article 13 de la loi de 1901, une loi n'est plus nécessaire à leur dissolution. De graves problèmes pourraient donc surgir du jour au lendemain.

Le plus important, sera celui de connaître quelle sera la loi applicable en ce qui concerne la répartition des biens.

Faudra-t-il appliquer la loi de 1825, ou celle de 1901.

Il est certain que cette question dominera tous les débats, et que suivant la solution adoptée il faudra ensuite se reporter soit aux errements anciens, soit à ceux nouvellement admis.

Nous ne parlerons, en tout cas, que des Congrégations de femmes et pour cause.

Supposons donc l'autorisation retirée, comment aura lieu la liquidation ?

On peut admettre d'emblée que le retrait d'autorisation équivaudra à une dissolution de droit.

Donc, les tribunaux n'auront pas à prononcer la dissolution.

Cette dissolution emportera nomination d'un liquidateur suivant les errements de l'article 18.

Le liquidateur sera unique ; car il y aura liquidation pour la Congrégation et non pour chaque établissement.

Les règles de compétence devront rester les mêmes, mais les pouvoirs, ici, seront plus complets et le dessaisissement plus absolu puisque, en principe, la Congrégation est propriétaire par elle-même, et que sa dissolution doit entraîner le dessaisissement.

Une fois nommé le liquidateur procèdera, et c'est alors que commenceront les difficultés.

Selon quelle loi devra-t-il faire cette liquidation ?

On peut prévoir deux systèmes absolus et un système intermédiaire.

1er système absolu. — La loi de 1901 n'a pas prévu le cas, il faut donc s'en référer aux dispositions de la loi de 1825. Ces dispositions sont simples le donateur pourra reprendre, quant aux biens acquis à titre onéreux ils seront dévolus conformément aux règles de l'article 7, à des œuvres similaires.

MM. Trouillot et Chapsal indiquent cette thèse dans leur commentaire et ajoutent qu'elle doit être adoptée pour ne violer aucun droit acquis, la loi ne pouvant rétroagir au détriment des personnes sur la tête desquels repose un droit aux termes de la loi de 1825.

(Commentaire 256).

2me système absolu. — Il faut appliquer par analogie la loi de 1901, elle a réglé de nouveaux modes de répartition des biens. On ne peut parler de droits acquis, car les personnes visées avaient tout au plus une espérance.

Il faut donc suivre toutes les dispositions de la loi nouvelle. Une seule difficulté pourra se présenter, celle de déterminer les ayants-droits et de savoir si les congréganistes peuvent faire valoir des droits.

3me système intermédiaire. — Il faut concilier, si faire se peut, les deux lois de 1825 et de 1901. On en conclura :

Qu'il n'y a pas de raison pour ne pas appliquer par analogie certaines dispositions :

Celles relatives à la revendication ;

Celles relatives aux délais.

Donc des revendications pourront se produire, elles devront se produire dans les six mois de la publication du jugement.

Elles émaneront des donateurs, auxquels la loi de 1901 aussi bien que celle de 1825 réserve ce droit, mais avec l'obligation de continuer les œuvres de bienfaisance.

Elles émaneront de propriétaires qui prétendront des droits et déclareront être les vrais titulaires de l'immeuble. Cette prétention n'est pas impossible, la Congrégation peut posséder par elle-même mais elle peut aussi être locataire de tiers. Ces revendications pourront soulever des questions d'interposition. Ici la simulation sera moins à présumer car il faudra démontrer que la Congrégation a voulu posséder au-delà ou en dehors de l'autorisation exigée par la loi et a employé un moyen factice d'arriver à tourner la loi.

Ces contestations terminées il y aura fixation de l'actif net et répartition.

Ici on admettra qu'il faudra pour cette répartition suivre les règles de la loi de 1825.

Il n'y aura donc pas d'ayants-droits, les biens devront faire retour aux hospices, et aux congréganistes mais seulement à titre de pension.

Sur cette pension une question très délicate pourra se poser :

A qui sera-t-elle demandée ?

On pourra, dans ce système intermédiaire, répondre que c'est au liquidateur qu'il faudra le demander. Il ne s'agit plus d'une faculté dependant de la juridiction gracieuse, il s'agit d'un droit établi et reconnu par la loi. Ici l'Etat n'a, en somme, pas de droit, il n'est pas appelé à la répartition. Il faudra toutefois se hâter d'agir et l'on pourra, pour le quantum, se référer aux dispositions du décret du 16 août par analogie.

Voici ainsi exposés les problèmes possibles.

On peut prévoir des difficultés inextricables, qui nous permettent de nous abstenir d'autres développements.

Espérons que le législateur diligent dictera lui-

même une répartition pour éviter toutes ces compli-
cations.

Ainsi se seront dispersés au mieux des intérêts de
tous, les biens des Congrégations. Ce jour n'est pas
prochain. En attendant, prévoyons et réglons au jour
le jour les difficultés qui nous sont soumises.

Dispositions de la Loi du 1er Juillet 1901

Relatives à la Liquidation des Biens des Congrégations

Article 16. — Toute Congrégation formée sans autorisation sera déclarée illicite. Ceux qui en auront fait partie seront punis des peines édictées par l'article 8, paragraphe 2. La peine applicable aux fondateurs ou administrateurs, sera portée au double.

Article 17. — Sont nuls tous actes entre vifs ou testamentaires, à titre onéreux ou à titre gratuit accomplis soit directement, soit par personnes interposées, ou toute autre voie indirecte, ayant pour objet de permettre aux associations légalement ou illégalement formées de se soustraire aux dispositions des articles 2, 6, 9, 11, 13. 14 et 16

Sont légalement présumées personnes interposées au profit des Congrégations religieuses, mais sous réserve de la preuve contraire :

1° Les associés à qui ont été consenties des ventes ou fait des dons ou legs, à moins s'il s'agit de dons et legs que le bénéficiaire ne soit l'héritier en ligne directe du disposant ;

2° L'associé ou la société civile ou commerciale composée en tout ou en partie de membres de la Congrégation propriétaire de tout immeuble occupé par l'association ;

3° Le propriétaire de tout immeuble occupé par l'association après qu'elle aura été déclarée illicite.

La nullité pourra être prononcée soit à la diligence du Ministère public, soit à la requête de tout intéressé.

Article 18. — Les Congrégations existantes au moment de la promulgation de la présente loi, qui n'auraient pas été antérieurement autorisées ou reconnues devront, dans le délai de trois mois, justifier qu'elles ont fait les diligences nécessaires pour se conformer à ses prescriptions.

⁄ A défaut de cette justification, elles seront réputées dissoutes de plein droit. Il en sera de même des Congrégations auxquelles l'autorisation aura été refusée.

La liquidation des biens détenus par elles aura lieu en justice. Le tribunal, à la requête du Ministère public, nommera pour y procéder, un liquidateur qui aura, pendant la durée de la liquidation, tous les pouvoirs d'un administrateur-séquestre.

Le jugement ordonnant la liquidation sera rendu public dans la forme prescrite pour les annonces légales.

Les biens et valeurs appartenant aux membres de la Congrégation antérieurement à leur entrée dans la Congrégation ou qui leur seraient échus depuis, soit par succession *ab intestat* en ligne directe, soit par donation ou legs en ligne directe leur seront restitués.

Les dons ou legs qui leur auront été faits autrement qu'en ligne directe, pourront être également revendiqués, mais à charge par eux de faire la preuve qu'ils n'ont pas été les personnes interposées prévues par l'article 17.

Les biens et valeurs acquis à titre gratuit et qui n'auraient pas été spécialement affectés par l'acte de libéralité à une œuvre d'assistance, pourront être revendiqués par le donateur, ses héritiers ou ayants-droit, ou par les héritiers ou ayants-droits du testateur, sans qu'il puisse leur être opposé aucune prescription pour le temps écoulé avant le jugement prononçant la liquidation.

Si les biens et valeurs ont été donnés ou légués en vue de gratifier non les congréganistes, mais de pourvoir à une œuvre d'assistance, ils ne pourront être revendiqués qu'à charge de pourvoir à l'accomplissement du but assigné à la libéralité.

Toute action en reprise ou en revendication devra, à peine de forclusion, être formée contre le liquidateur dans le délai de six mois, à partir de la publication du jugement. Les jugements rendus contradictoirement avec le liquidateur et ayant acquis l'autorité de la chose jugée, sont opposables à tous les intéressés.

Passé le délai de six mois, le liquidateur procédera à la vente en justice de tous les immeubles qui n'auraient pas été revendiqués ou qui ne seraient pas affectés à une œuvre d'assistance.

Le produit de la vente, ainsi que toutes les valeurs mobilières, sera déposé à la Caisse des Dépôts et Consignations.

L'entretien des pauvres hospitalisés sera, jusqu'à l'achèvement de la liquidation, considéré comme frais privilégiés de liquidation.

S'il n'y a pas de contestation, ou lorsque toutes les actions formées dans le délai prescrit auront été jugées, l'actif net est réparti entre les ayants-droits.

Le règlement d'administration publique visé par l'article 20 de la présente loi déterminera sur l'actif resté libre après le prélèvement ci-dessus prévu, l'allocation en capital ou sous forme de rente viagère qui sera attribuée aux membres de la Congrégation dissoute qui n'auraient pas de moyens d'existence assurés ou qui justifieraient avoir contribué à l'acquisition des valeurs mises en distribution par le produit de leur travail personnel.